신호등처럼

신호등처럼

글배우

답

목차

머리말

처음 글을 쓰게 된 건 지쳐 있는 저를 위로하기 위해서였습니다.

지금까지 잘하지 못 했던 저에게 잘 할 수 있을 거라고, 아프고 힘든 시간은 곧 괜찮아질 거라고, 용기를 잃었지만 다시 시작할 수 있을 거라고...

그렇게 비록 말뿐인 위로였지만 주위에서 말해주는 '현실'에서 벗어나 스스로에게 많은 위로가 되었습니다. 그리고 그 글들을 모아 SNS에 게재하면서 많은 분들의 공감을 얻게 되었고, 미력하나마 작가로 활동할 수 있는 계기가 되었습니다.

이후, 매일매일 많은 분들에게 메시지를 받았습니다.
<지치고 힘들다>, <포기하고 싶다>, <지금 온 아픔이 끝나지 않을 것 같다> 등등...

그러던 중 문득 이런 생각을 하게 되었습니다
제가 제 자신에게 해주었던 것처럼, 현재 여러 가지 고민들로 힘들어하시는 분들이 계시다면 그분들에게도 작으나마 어떤 위로가 되지 않을까? 혹시나, 정말 벼랑 끝에 서 계신 분이 계신다면, 작은 위로의 말 일지라도 조금이나마 버텨 나갈 수 있는 힘이 되지 않을까?

감히 제가 그분들의 고민을 직접적으로 해결해 드릴 순
없겠지만, 이야기를 나누고 마음을 나누다 보면 어느새 고민의
무게도 나누어지지 않을까라는 생각에 <37일간의 불빛
프로젝트>를 시작하게 되었습니다.
대학로 마로니에 공원에서 37일간 천막을 치고 밤 7시부터
10시까지 자신의 고민을 가져오시는 분들과 이야기를 나누며
거기에 맞는 위로의 글을 적어 드리는 프로젝트였습니다.
37일 동안 총 1,300여 분이 오셨고 제주도, 창원, 마산, 포항
등 전국 각지에서 찾아와 주셨습니다. 길게는 4시간씩 줄을
서서 기다리셨고, 밤 10시를 넘어 거의 매일 밤 12시 또는 새벽
1시까지 불빛을 밝혔습니다.

사실 많이 힘들었습니다. 손가락도 많이 붓고 한 분 한 분
집중을 다해 이야기를 들으며 글을 써드리고, 비가 와 천막이
날아가기도 하고, 열이 펄펄 끓어 몸살에 걸려도 그래도 쉬지
않고 매일 불빛을 밝혔습니다. 혹시 하루라도 불빛이 꺼지면
그사이 누군가가 고민을 안고 그냥 돌아갈지 모른다는 생각에
37일 동안은 무슨 일이 있어도 불빛을 밝히고 싶었습니다.

그리고 불빛 프로젝트를 끝내면서 깨닫게 되었습니다.
사람들이 꼭 저를 찾아오신 것이 아니라, 그들의 고민을 편히
이야기할 장소가 필요했다는 것을, 그리고 제 글이 화려하고

대단해서 위로를 얻으신 것이 아니라, 이미 우리가 알고 있는
평범한 말들이지만, 너무 바쁘고 힘들어 서로가 서로에게 해줄
수 없는 말들을 제가 대신 전해주었기 때문에 위로를 얻고 힘을
얻으신 것이 아닐까란 생각을 하였습니다.

그리고 저 또한 앞으로 살아가면서 지치고 힘들 때마다, 불빛을
밝혔던 용기로 또 힘을 낼 수 있을 거란 생각이 들었습니다.
37일간의 불빛은 제 인생에 있어 잊을 수 없는 너무 소중한
시간이었습니다.

지금 제 방에는 그 뜨겁던 여름밤, 한 분 한 분 저를 찾아오셔서
적어주신 1,300여 개의 고민이 적힌 스케치북이 있습니다.
스케치북을 한 장 한 장 되새겨 보며 이제는 저를 위한 글이 아닌
다른 사람을 위한 글을 쓰고 싶다는 생각을 하게 되었습니다.

글을 정식으로 배운 적이 없기에 많이 부족할지 모릅니다.

저의 두 번째 시집 <신호등처럼>은 그 당시 불빛을 찾아와
주신 1,300여 분의 고민 하나 하나를 생각하며 글을 썼습니다.
<37일간의 불빛 프로젝트>는 끝났지만 이 작은 책이 지친
누군가에게 계속해서 마음의 불빛을 밝힐 수 있기를 진심으로
희망합니다. 감사합니다.

글배우 올림

1

마음을 다한 노력의 끝에
마음을 닮은 꿈을 만나기를

걱정이 너무 많아요

대부분의 격정은
생각해보면 별거 아니에요
계속 생각해서 큰일이지

잘 하지 못할까봐 두려워요

주위에서 '그건 할 수 없는 일이야'라는 말은
내가 시작하기 이전에 이야기에요
내 가능성은 오직 나만이 만들 수 있다는 걸
잊지 말아요

어느 성공한 분의 자서전을 읽는데
290페이지까지 실패한 이야기였다
언제 성공하나 봤더니
마지막 뒤 10페이지에 성공했다
이분이 250페이지까지만 혹은
260페이지까지만 실패하시고
'난 안돼' 포기하셨더라면
지금의 모습은 없으셨겠지
지금 당신은 몇 페이지까지 실패하셨나요?
혹시 실패 페이지를 몇 장 넘기지 않고
책을 덮으려는 건 아니죠?
힘내세요 우리 갈 길이 멀어요
그래도 잘 되겠죠
누군가 성공한 것처럼
우리도 반드시 성공하겠죠

우리가

신호등을 기다릴 수 있는 이유는

곧 바뀔 거란 걸 알기 때문이다

그러니 힘들어도 조금만 참자

곧 바뀔 거야

좋게

〈신호등처럼〉

세상은 만만하지 않지만

내 맘 단단하니 무섭지 않다

우리는

이루기 어려운 꿈을 품고 살아간다

이룬다는 보장도 없이

잘 될 거란 확신도 없이

그럼에도

오늘도 꿈을 품고 산 당신은

참 멋있는 사람입니다

― 술배우

우리는
이루기 어려운 꿈을 품고 살아간다
이룬다는 보장도 없이
잘 될 거란 확신도 없이
그럼에도
오늘도 꿈을 품고 산 당신은
참 멋있는 사람입니다

시련은 계절로 따지면 겨울이다
시리고 차가우니까
그러니
조금만 견디자
겨울 다음엔
반드시 봄이 올 테니

지금 많이 힘든 건
이 힘든 순간이 계속될 거란 생각에 그래요
영원한 행복은 없듯이
영원한 아픔도 없는 걸요
조금만 더 힘내요
봄이
기다리고 있으니깐

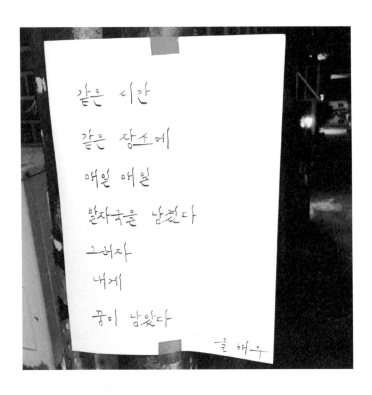

같은 시간
같은 장소에
매일매일
발자국을 남겼다
그러자
내게
꿈이 남았다

일 년에 한번 오는 봄은
너무 아름다운 계절이다
그러니 평생에 한 번 오는
청춘은 얼마나 아름답겠는가

꿈꾸는 사람은
현실적이지 못하대요
어때요
우리는
현실을 꿈으로 만들어가는 사람들인데

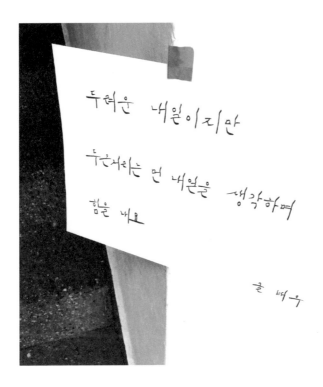

두려운 내일이지만

두근거리는 먼 내일을 생각하며

힘을 내요

우리가
신호등을 기다릴 수 있는 이유는
곧 바뀔 거란 걸 알기 때문이다
그러니 힘들어도 조금만 참자.

곧 바뀔거야
좋게

〈 신호등 처럼 〉

너는 알 거야

기차가 항상 빨리 달리지는

않는다는 걸

천천히 가기도 하고

멈춰 설 때도 있다는 걸

그리고 곧 멋지게 달릴거라는 걸

그러니 왔으면 좋겠어

너도 곧 멋지게 달릴거라는 걸

글 배우

너는 알 거야
기차가 항상 빨리 달리지는
않는다는 걸
천천히 가기도 하고
멈춰 설 때도 있다는 걸
그리고 곧 멋지게 달릴거라는 걸
그러니 알았으면 좋겠어
너도 곧 멋지게 달릴 거라는 걸

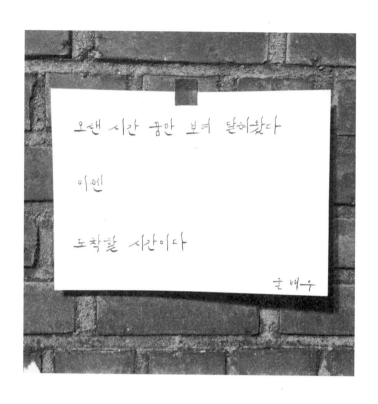

오랜 시간 꿈만 보며 달려왔다

이젠

도착할 시간이다

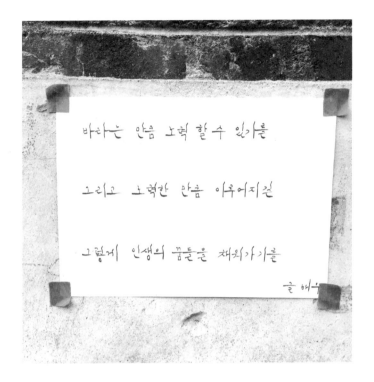

바라는 만큼 노력할 수 있기를

그리고 노력한 만큼 이루어지길

그렇게 인생의 꿈들을 채워가기를

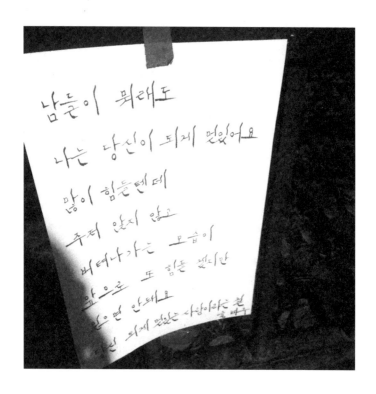

남들이 뭐래도

나는 당신이 되게 멋있어요

많이 힘들 텐데

주저앉지 않고

버텨나가는 모습이

앞으로 또 힘들겠지만

잊으면 안 돼요

당신 되게 멋있는 사람이라는 걸

부끄럽지 않은

땀과

노력과

눈물로

열등감을 극복할

자신감을 갖기를

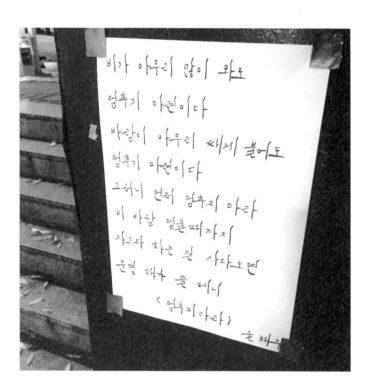

비가 아무리 많이 와도
멈추기 마련이다
바람이 아무리 세게 불어도
멈추기 마련이다
그러니 먼저 멈추지 마라
비바람 멈출 때까지
가고자 하는 길 가다 보면
분명 해가 뜰 테니

〈멈추지 마라〉

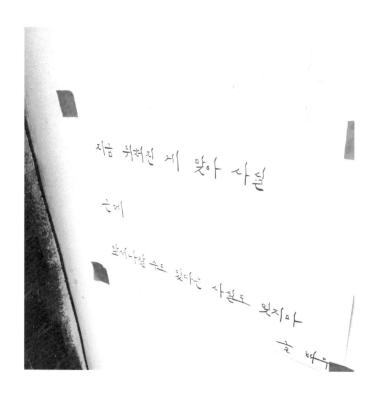

지금 뒤처진 게 맞아 사실

근데

앞서나갈 수도 있다는 사실도 잊지 마

꿈에 다가서기 위해

후회는 남기지 않기로 해

자신이 보잘 것 없어 보일땐
밖으로 나와 걸어봐요
여러번 밟혀 쓸모없는 낙엽이
아무도 관심갖지 않는 지나가는 바람이
당신에게 말해줄거예요

아직 쓰이지 않았어도
아무도 관심이 없어도
보잘 것 없지 않다
낙엽이 모이고
바람이 불어
가을이 완성되듯이
너의 힘든 시간은 분명
너를 멋지게 완성시켜 줄거야

〈가을이 너에게〉

요리에 종류가 다르듯
만들어지는 방법과 시간도 다르다
다르다고 못난 게 아니라
만들어지는 방법과 시간이
다른 것이다

〈우리 인생도〉

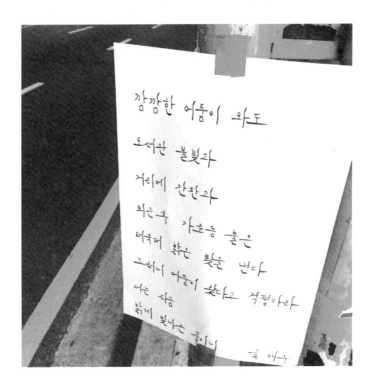

깜깜한 어둠이 와도

도서관 불빛과

거리의 간판과

퇴근 후 가로 등불은

더욱더 밝은 빛을 낸다

그러니 어둠이 왔다고 걱정 마라

너는 지금

밝게 빛나는 중이니

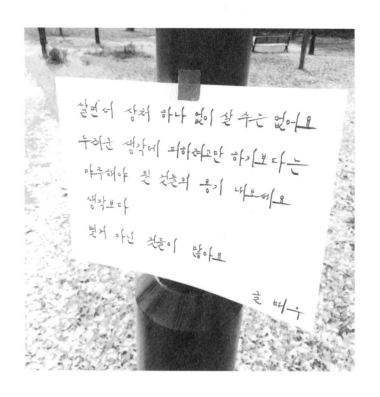

살면서 상처 하나 없이 살 수는 없어요
두려운 생각에 피하려고만 하기보다는
마주해야 될 것들에 용기 내보세요
생각보다
별거 아닌 것들이 많아요

겨울은 계절의 마지막이 아니다
가장 따뜻한 날 맞기 위한 지나가는 길목이다
모든 게 끝난 것 같고 마지막일 것 같은 이 순간은
가장 따뜻한 날 맞기 위한 지나가는 길목이다
그리고
지나갈 수 있는 길목이다

사실 세상에 백프로인건 없다
잘 되다가도 안 될수도 있고
넉넉 할 때도 있지만 부족할
때도 있고
멋있을 때도 있지만
모자란 모습일 때도 있다
그러나 내가 나를 백프로
믿는다면 지금 어떤 모습이든
상관 없다 세상에 없는
나만의 백프로로 멋지게 반짝일테니깐
글 빠이

사실 세상에 백 프로 인 건 없다

잘 되다가도 안 될 수도 있고

넉넉할 때도 있지만 부족할 때도 있고

멋있을 때도 있지만

모자란 모습일 때도 있다

그러나 내가 나를 백 프로

믿는다면 지금 어떤 모습이든

상관없다 세상에 없는

나만의 백 프로로 멋지게 완성될테니깐

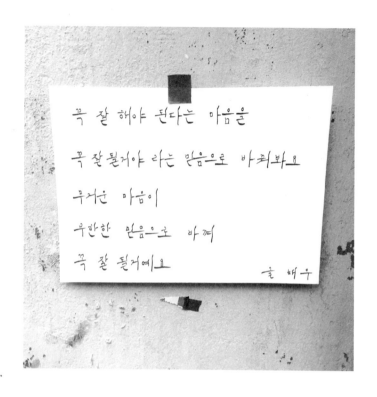

꼭 잘 해야 된다는 마음을
'꼭 잘 될 거야'라는 믿음으로 바꿔봐요
무거운 마음이
무한한 믿음으로 바뀌어
꼭 잘 될 거예요

마음을 다한 노력의 끝에

마음을 닮은 꿈을 만나기를

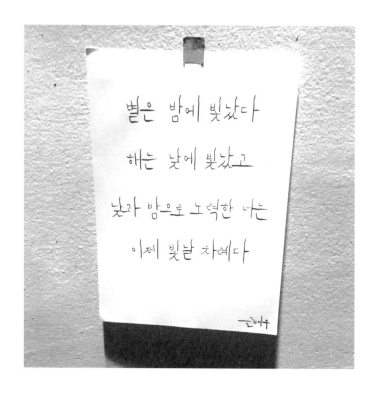

별은 밤에 빛났다
해는 낮에 빛났고
낮과 밤으로 노력한 너는
이제 빛날 차례다

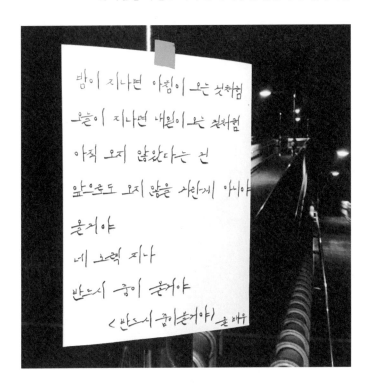

밤이 지나면 아침이 오는 것처럼
오늘이 지나면 내일이 오는 것처럼
아직 오지 않았다는 건
앞으로도 오지 않을 거란 게 아니야
올 거야
네 노력 지나
반드시 꿈이 올 거야

〈반드시 꿈이 올 거야〉

나는 지금 이거 밖에 안돼

어때
너는 이제부터 시작인데

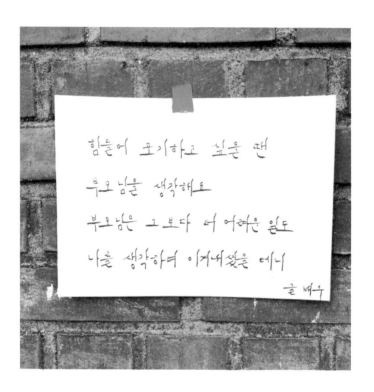

힘들어 포기하고 싶을 땐
부모님을 생각해요
부모님은 그보다 더 어려운 일도
나를 생각하며 이겨내셨을 테니

그 많은 시간 거쳐
여기까지 오느라 고생했어요
잘하지 못 했다 부족하다 생각하지 말고
그동안 고생한
자신을 꼭 한번 안아주세요
내일은
더 잘 할 수 있을 거예요

할 수 있다 믿는 만큼

할 수 있으니 믿어봐요

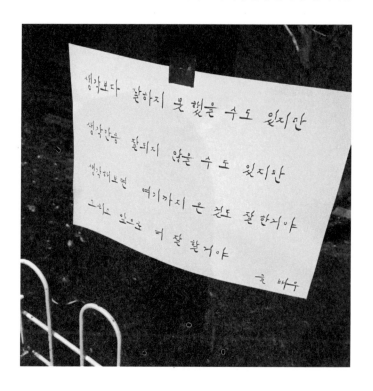

생각보다 잘하지 못했을 수도 있지만
생각만큼 잘되지 않을 수도 있지만
생각해보면 여기까지 온 것도 잘 한 거야
그리고 앞으로 더 잘 할 거야

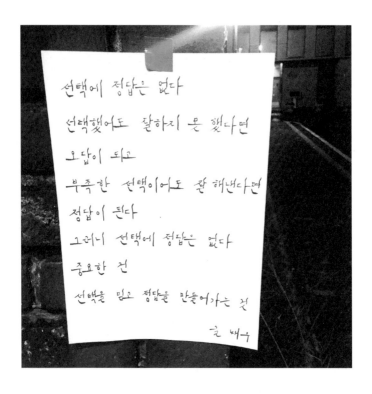

선택에 정답은 없다
선택했어도 잘하지 못했다면
오답이 되고
부족한 선택이어도 잘해낸다면
정답이 된다
그러니 선택에 정답은 없다
중요한 건
선택을 믿고 정답을 만들어가는 것

비처럼

가고자 하는 길

망설임 없이 부딪히자

반드시 해가 뜰 테니

글 배수

비처럼
가고자 하는 길
망설임 없이 부딪히자
반드시 해가 뜰 테니

해는 진다

꽃은 시들고
나무는 썩고
그러나 아는가
지기전까지 얼마나 아름다웠는지
시들기 전까지 얼마나 예뻤는지
썩기전까지 얼마나 근건했는지
이렇게 나는 네가 결과가 아닌
과정을 보는 사람이었으면 좋겠다
인생에서 더 많은
아름다운 순간들을 만들어 볼수있게

해는 진다
꽃은 시들고
나무는 썩고
그러나 아는가
지기 전까지 얼마나 아름다웠는지
시들기 전까지 얼마나 예뻤는지
썩기 전까지 얼마나 굳건했는지
이렇게 나는 네가 결과가 아닌
과정을 보는 사람이었으면 좋겠다
인생에서 더 많은
아름다운 순간들을 만들어 낼 수 있게

아무리 열심히 했어도 결과가 중요해요.
세상은 결과만 보거든요
그러니 오늘 부족했다
실망하지 말아요.
오늘은 인생에서
결과가 아닌 과정이니까.

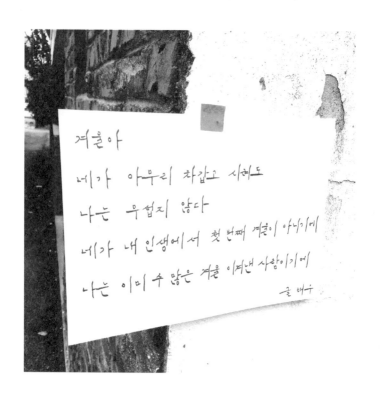

겨울아

네가 아무리 차갑고 시려도

나는 무섭지 않다

네가 내 인생에서 첫 번째 겨울이 아니기에

나는 이미 수많은 겨울 이겨낸 사람이기에

같이 견디자

새 봄 올 때까지

 글 배송

같이 견디자

새봄 올 때까지

지금 자신의 가치로
할 수 있는 일과
벌 수 있는 돈을 환산하면
안돼요
앞으로 당신의 가치는 무한하니

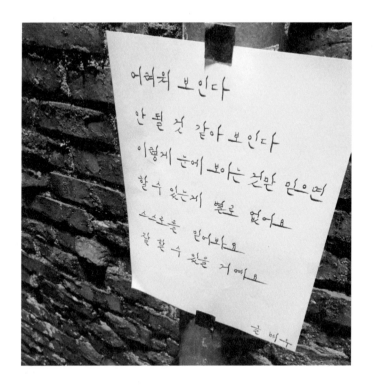

어려워 보인다

안 될 것 같아 보인다

이렇게 눈에 보이는 것만 믿으면

할 수 있는 게 별로 없어요

스스로를 믿어봐요

잘 할 수 있을 거예요

옮긴 쉽지만
갖기 어려운 그것
갖고 있다가도
또 금세 사라지는 그것
그러나
당신은 아주 소중하기에
아주 많이 가져도 되는 그것

〈작은 감〉 글 마니

잃긴 쉽지만

갖기 어려운 그것

갖고 있다가도

또 금세 사라지는 그것

그러나

당신은 아주 소중하기에

아주 많이 가져도 되는 그것

〈자존감〉

하루의 일들이 또 나를 작게 만듭니다

나를 부족한 사람으로 만듭니다

그러나 알아야 합니다

당신은 부족한 사람이 아니라

멋지게 채워가고 있는 사람이란 걸

그대, 어디서든 자신감 잃지 않길

어머니의 자부심이란 걸 잊지 말길

1. 마음을 다한 노력의 끝에 마음을 닮은 꿈을 만나기를

2

마음이 따뜻해지는 시간
서로가 진심을 다하는 순간

어제까지 과거가 오늘의 나를 만들었다
조금 후회스럽지만 괜찮은 건
오늘은 새로운 과거를 만들 수 있는 날
이기 때문이다
<새로운 과거를 만들 수 있는 날 오늘>

하루의 힘든 일들이

친구와의 통화로

희미해졌다

생각해보면 그런 것 같아요
어릴 때도 걷기 위해 참 많이 넘어졌는데
어른이 돼서도 가고 싶은 길 가기 위해
많이 넘어지게 돼요
똑같아서 다행이에요
어릴 때 그 많은 넘어짐 딛고
잘 걷게 된 것처럼
분명 지금도 넘어짐 딛고
잘 걸어 나갈 수 있게 될 테니

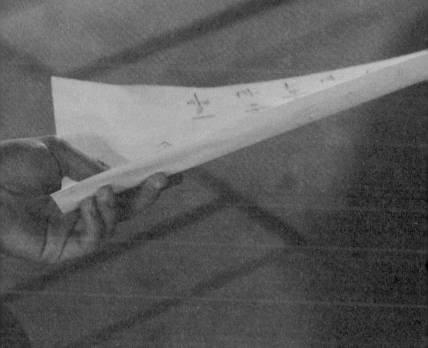

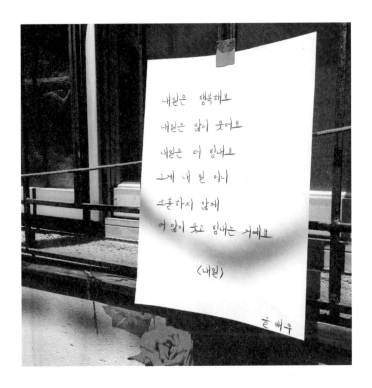

내일은 행복해요

내일은 많이 웃어요

내일은 더 힘내요

그게 내 일이니

소홀하지 않게

더 많이 웃고 힘내는 거예요

〈내일〉

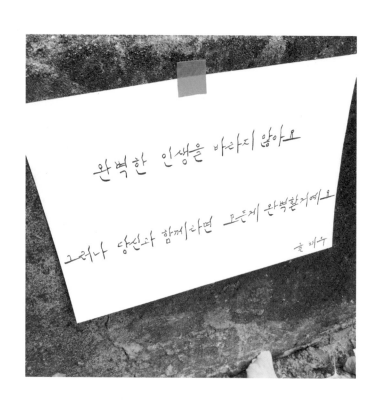

완벽한 인생을 바라지 않아요

그러나 당신과 함께라면 모든 게 완벽할 거예요

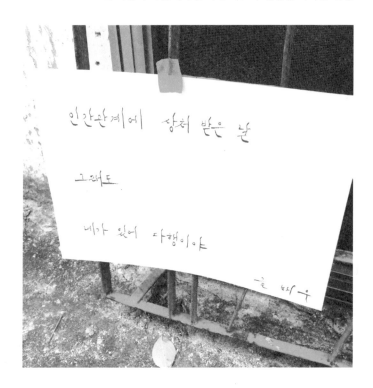

인간관계에 상처받은 날

그래도

네가 있어 다행이야

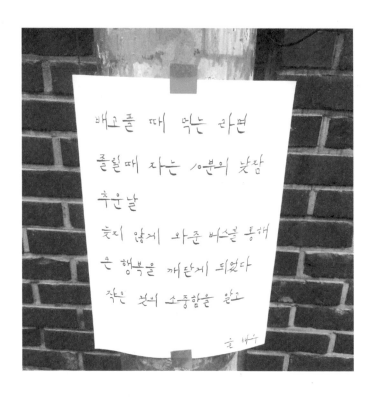

배고플 때 먹는 라면

졸릴때 자는 10분의 낮잠

추운 날

늦지 않게 와준 버스를 통해

큰 행복을 깨닫게 되었다

작은 것의 소중함을 알고

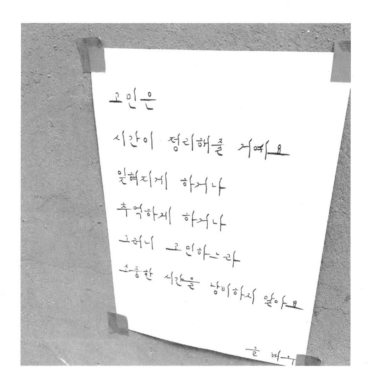

고민은
시간이 정리해줄 거예요
잊혀지게 하거나
추억하게 하거나
그러니 고민하느라
소중한 시간을 낭비하지 말아요

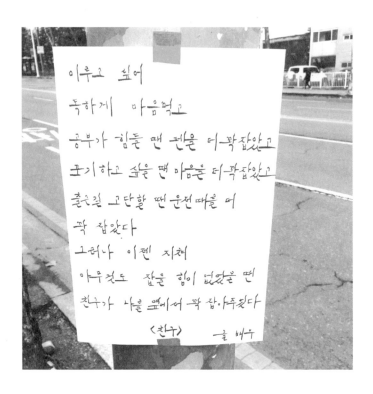

이루고 싶어

독하게 마음먹고

공부가 힘들 땐 펜을 더 꽉 잡았고

포기하고 싶을 땐 마음을 더 꽉 잡았고

출근길 고단할 땐 운전대를 더

꽉 잡았다

그러나 이젠 지쳐

아무것도 잡을 힘이 없었을 땐

친구가 나를 옆에서 꽉 잡아주었다

〈친구〉

늘 마음이 있기를

행복한 마음이

우리가 마음이 맞는 건

같아서야

서로 너무 좋아하는 마음이

길 가다 만난 꽃향기에

햇살에

그리고 너에게

기분이 좋아져

오늘은 참 기분 좋은 날입니다

〈기분 좋은 날〉

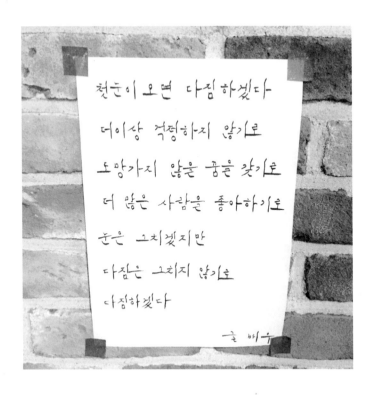

첫눈이 오면 다짐하겠다
더이상 걱정하지 않기로
도망가지 않을 꿈을 갖기로
더 많은 사람을 좋아하기로
눈은 그치겠지만
다짐은 그치지 않기로
다짐하겠다

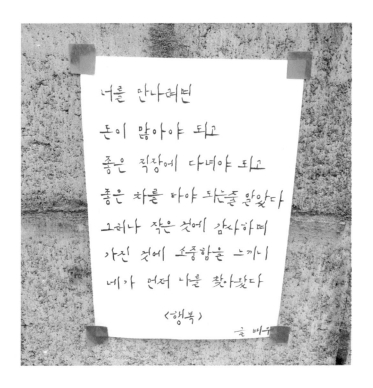

너를 만나려면

돈이 많아야 되고

좋은 직장에 다녀야 되고

좋은 차를 타야 되는 줄 알았다

그러나 작은 것에 감사하며

가진 것에 소중함을 느끼니

네가 먼저 나를 찾아왔다

〈행복〉

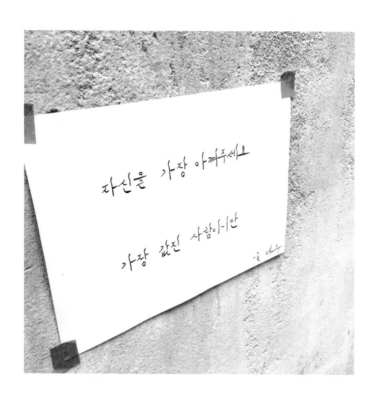

자신을 가장 아껴주세요

가장 값진 사람이니깐

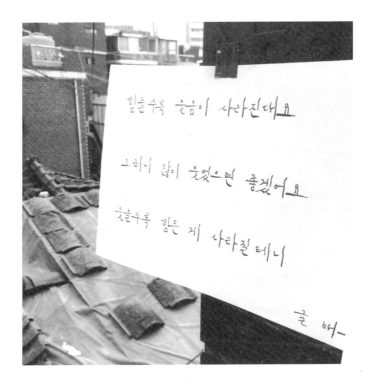

힘들수록 웃음이 사라진대요

그러니 많이 웃었으면 좋겠어요

웃을수록 힘든 게 사라질 테니

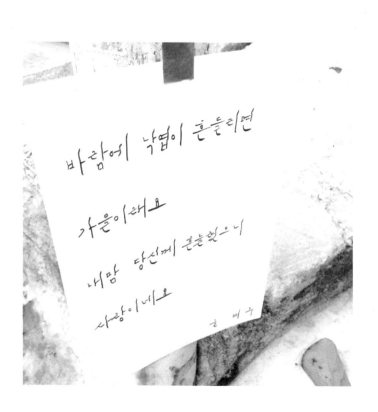

바람에 낙엽이 흔들리면

가을이래요
내맘 당신께 흔들렸으니
사랑이네요

바람에 낙엽이 흔들리면
가을이래요
내 맘 당신께 흔들렸으니
사랑이네요

우리 처음 만난 날
집에 돌아오는 길
혼자 방안에 있을 때
일을 할 때도
계속 생각이 났어요
당신 생각에
오늘도 하루도 당신 생각에 설렙니다

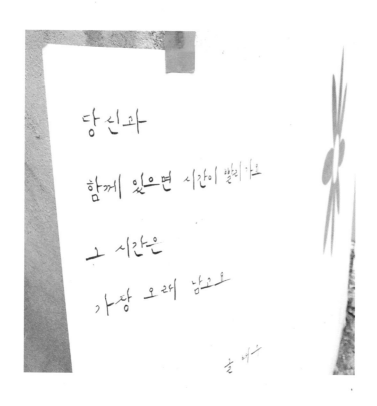

당신과
함께 있으면 시간이 빨리 가요
그 시간은
가장 오래 남고요

짧은 인생이지만

긴 행복이 함께 하기를

세상이 그대를 속일지라도

그대 손 내가 꼭 잡아줄게요

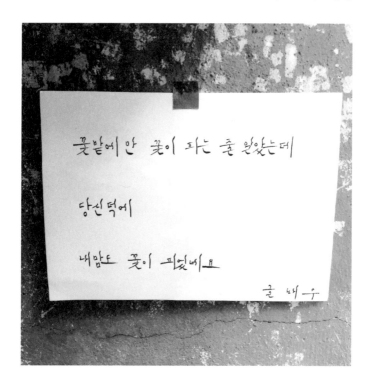

꽃밭에만 꽃이 피는 줄 알았는데

당신 덕에

내 맘도 꽃이 피었네요

나무야 더운 날 그림자를 내 줘서 고마워

햇살아 환한 아침을 내줘서 고마워

달아 밝은 빛을 내줘서 고마워

새벽아 고요한 시간을 내줘서 고마워

다 고마워

한 번도 고맙다고 하지 못했는데

변함없이 전부 다 내줘서 고마워

마음이 따뜻해지는 시간

서로가 진심을 다하는 순간

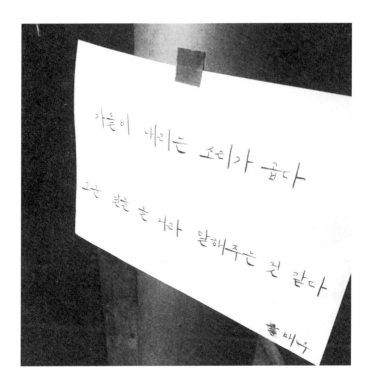

가을비 내리는 소리가 곱다

고운 날들 올 거라 말해주는 것 같다

버스를 놓쳤다
기다리는 동안
그동안 보지 못 했던

노란 햇살과
파란 하늘과
낙엽길을 볼 수 있었다

다행이다
시간에는 늦었지만
행복에는 더 늦지않을 수있어서

<버스를 놓쳤지만 다행이다>
홍 배우

버스를 놓쳤다

기다리는 동안

그동안 보지 못 했던

노란 햇살과

파란 하늘과

낙엽길을 볼 수 있었다

다행이다

시간에는 늦었지만

행복에는 더 늦지 않을 수 있어서

〈버스를 놓쳤지만 다행이다〉

오늘도 많이 바빴죠?

쉴 새 없이

그래도...

가끔은 작은 행복을 바라볼 수 있기를 바래요

지금이 모이면 인생이 된대요

작은 행복이 모여 큰 행복이 될 테니

가끔 늦더라도

행복에는 더 늦지 않았으면 좋겠어요

그대,

어디에 있든 씩씩하길

그대,

어디에 있든 사랑하길

그대,

어디에 있든 웃음이 넘치길

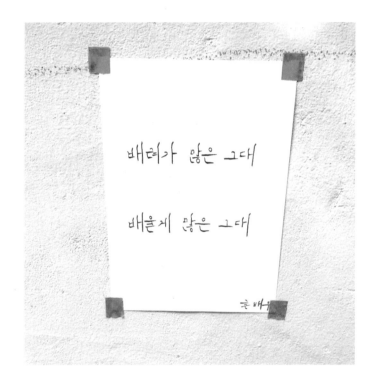

배려가 많은 그대

배울게 많은 그대

돌아보니
눈 위에
발자국 참 예뻤다
서로를 아껴주었던 발자국
서로를 응원해주었던 발자국
잠시 토라져도
금새 안아주었던 발자국
앞으로도 이렇게
예쁜 발자국 만들어 가자
— 글 배—

돌아보니

눈 위에

발자국 참 예뻤다

서로를 아껴주었던 발자국

서로를 응원해주었던 발자국

잠시 토라져도

금세 안아주었던 발자국

앞으로도 이렇게

예쁜 발자국 만들어 가자

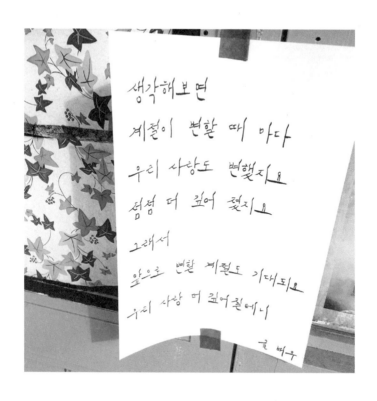

생각해보면

계절이 변할 때 마다

우리 사랑도 변했지요

점점 더 깊어졌지요

그래서

앞으로 변할 계절도 기대돼요

우리 사랑 더 깊어질 테니

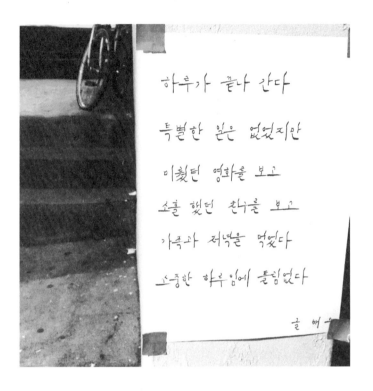

하루가 끝나 간다
특별한 일은 없었지만
미뤘던 영화를 보고
소홀했던 친구를 보고
가족과 저녁을 먹었다
소중한 하루임에 틀림없다

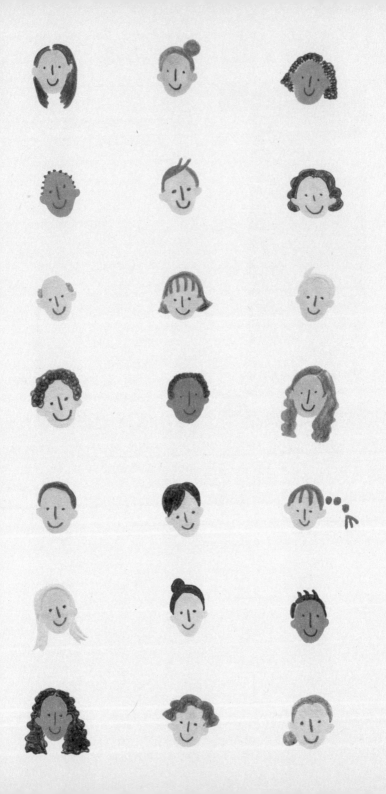

힘들수록 웃음이 사라진대요
그러니 많이 웃었으면 좋겠어요
웃을수록 힘든 게 사라질테니

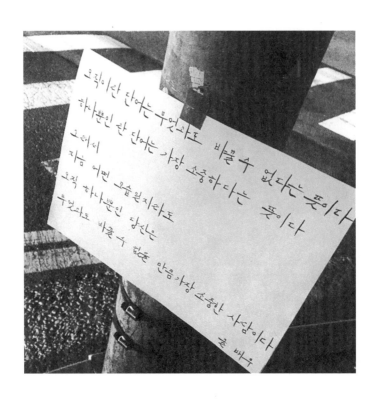

'오직'이란 단어는 무엇과도 바꿀 수 없다는 뜻이다
'하나뿐'이란 단어는 가장 소중하다는 뜻이다
그래서
지금 어떤 모습일지라도
오직 하나뿐인 당신은
무엇과도 바꿀 수 없을 만큼 가장 소중한 사람이다

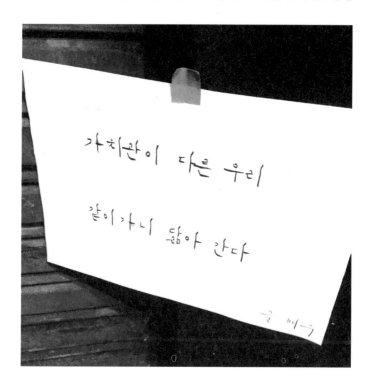

가치관이 다른 우리

같이 가니 닮아 간다

부족한 사람이라 생각했는데

나를 보며

웃고 즐거워 하고

전화해 고민을 얘기하며

함께 있고 싶어 하는사람들을 보며
나는 완벽한 사람은 아닐지라도
좋은 사람으로 살아가고 있다는
생각에
마음이 따뜻해졌다   - 글 배 -

부족한 사람이라 생각했는데

나를 보며

웃고 즐거워하고

전화해 고민을 애기하며

함께 있고 싶어 하는 사람들을 보며

나는 완벽한 사람은 아닐지라도

좋은 사람으로 살아가고 있다는

생각에

마음이 따뜻해졌다

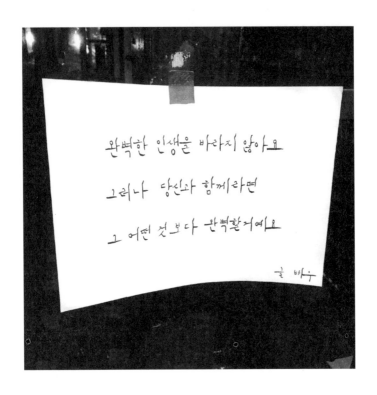

완벽한 인생을 바라지 않아요

그러나 당신과 함께라면

그 어떤 것보다 완벽할 거예요

오늘도 많이 힘들었죠?

조금만 쉬었다가요

좋아하는 음악에

좋아하는 커피에

좋아하는 바람에

당신이 좋아하는 만큼

당신에게 위로가 되어줄 거예요

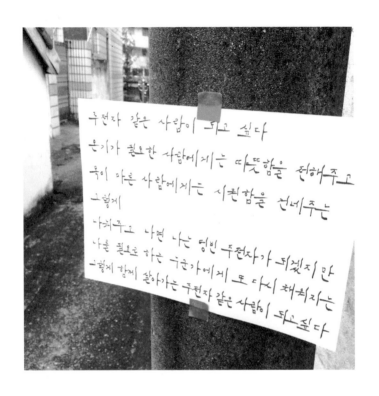

주전자 같은 사람이 되고 싶다
온기가 필요한 사람에게는 따뜻함을 전해주고
목이 마른 사람에게는 시원함을 건네주는
그렇게
나눠주고 나면 나는 텅 빈 주전자가 되겠지만
나를 필요로 하는 누군가에게 또다시 채워지는
그렇게 함께 살아가는 주전자 같은 사람이 되고 싶다

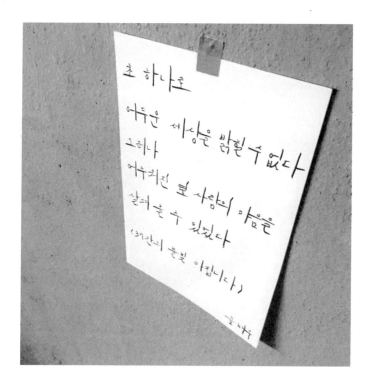

초 하나로

어두운 세상을 밝힐 수 없다

그러나

어두워진 옆 사람의 마음을

살펴볼 수 있었다

〈37일간의 불빛 마칩니다〉

사랑하면

항상 설레고 행복 할것 같았다

그러나 시간 지나니 설레지 않았고

좋아하긴 했지만 두근거리지 않았다

그래서 알게 되었다

사랑은

변한 다는 것을

설레임은 두근 함으로

두근거림은 편안함으로

그렇게 서로 닮아 간다는 것을

사랑하면

항상 설레고 행복할 것 같았다

그러나 시간 지나니 설레지 않았고

좋아하긴 했지만 두근거리지 않았다

그래서 알게 되었다

사랑은 변한다는 것을

설레임은 든든함으로

두근거림은 편안함으로

그렇게 서로 닮아 간다는 것을

세상이 무서운 어둠 속 인걸 어른이 되고 알았다

어린시절 어둠을 모를 수 있었던 건

자신의 빛을 나에게 모두 비춰주신 부모님 때문이더라

자신에게 한없이 모자라게
자식에게 한없이 모든걸 다

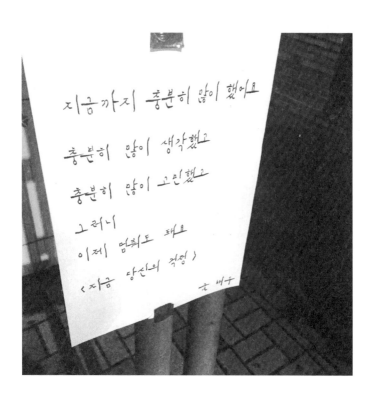

지금까지 충분히 많이 했어요

충분히 많이 생각했고

충분히 많이 고민했고

그러니

이제 멈춰도 돼요

〈지금 당신의 걱정〉

봄 여름 가을 행복하지 못했더래도

올겨울엔 행복만 가득하기를

아무리 많은 눈이 와도

시간이 지나면 전부 사라진다

너의 아픈 기억도 분명 눈 녹듯이 사라질거야

글 배우

아무리 많은 눈이 와도

시간이 지나면 전부 사라진다

너의 아픈 기억도 분명 눈 녹듯이 사라질 거야

소중한 사람에게

듣기 좋은 말을 많이 해주세요

가식이 아니에요

마음을 담았으니

글 태우

소중한 사람에게
듣기 좋은 말을 많이 해주세요
가식이 아니에요
마음을 담았으니

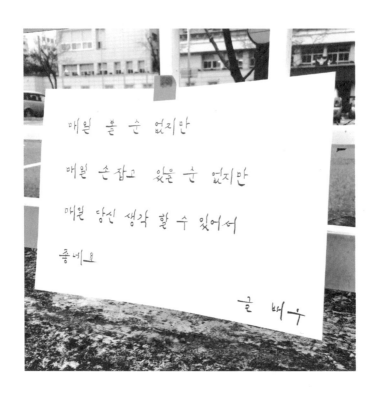

매일 볼 순 없지만
매일 손 잡고 있을 순 없지만
매일 당신 생각할 수 있어서
좋네요

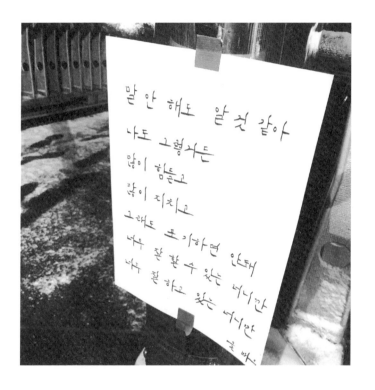

말 안 해도 알 것 같아

나도 그렇거든

많이 힘들고

많이 지치고

그래도 포기하면 안 돼

너무 잘할 수 있는 너니깐

너무 잘 하고 있는 너니깐

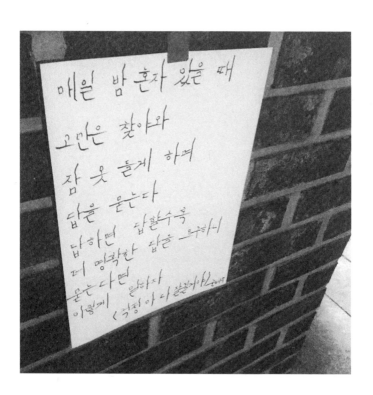

매일 밤 혼자 있을 때

고민은 찾아와

잠 못 들게 하며

답을 묻는다

답하면 답할수록

더 명확한 답을 요구하니

묻는다면

이렇게 말하자

〈걱정마 다 잘 될거야〉

눈물을 흘리는 사람에게

휴지를 건네고

목이 마른 사람에게

물을 건네고

무거운 것을 든 이에게

손을 건넨다고

우리 인생은 조금도 바뀌지 않는다

다만 세상이 조금씩 바뀔 뿐

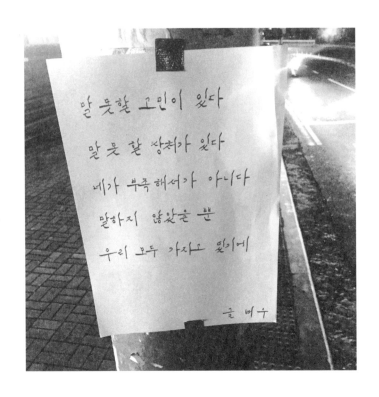

말 못 할 고민이 있다
말 못 할 상처가 있다
네가 부족해서가 아니다
말하지 않았을 뿐
우리 모두 가지고 있기에

3

———

변명하기 좋아하는 사람

변화하길 두려워하는 사람

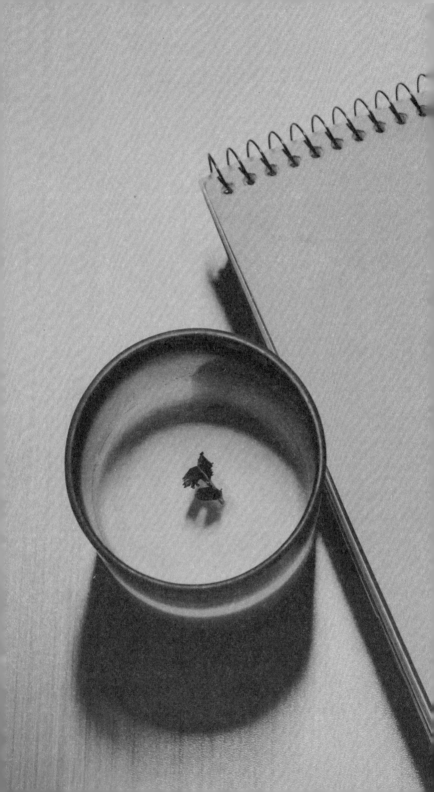

가끔

나를 스쳐간 많은 사람들이

생각납니다

내가 얼마나 철이 없었는지

내가 얼마나 이기적이었는지

미안합니다

지금 어디에 있든

무얼 하든

오늘 밤은

모두 행복했으면 좋겠습니다

저는 혼자가 편해요
누구에게 상처 주기도
상처받기도 싫거든요
그런데
오늘은 누구한테든 위로받고 싶은 날이네요

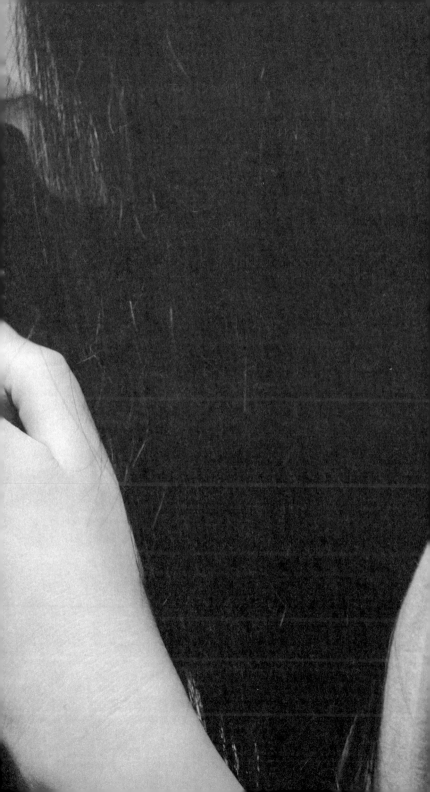

계획 있죠?

시작 없고?

노력은 배신하지 않는다

의지가 날 배신했지

물건을 비교하며 살수록 좋은 걸 얻게 되지만

사람을 비교하며 살수록 좋은 걸 잃게 돼요

공부를 많이 하면 공부가 늘고

운동을 많이 하면 운동이 늘고

요리를 많이 하면 요리가 느는 것 처럼

무언가를 하면 할수록 늘게 된다

그러니

걱정하지마라

더 이상 걱정이 늘지 않게

〈걱정하지마라〉

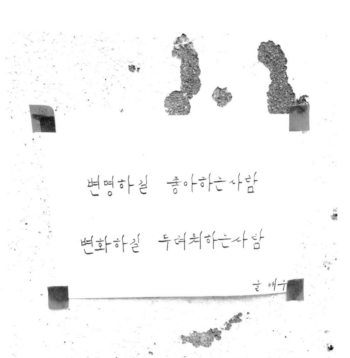

변명하길 좋아하는 사람

변화하길 두려워하는 사람

글 백*

변명하길 좋아하는 사람

변화하길 두려워하는 사람

자신의 부족한 점을 알았다면
변화할 수 있는 첫 번째
발걸음을 내디딘 셈이에요
믿을게요
멋지게 변할 당신을

생각을 줄이지 못하면

행복할 시간도 줄어들어요

작은 약속을 지키는 건

커다란 믿음을 지켜주는 것

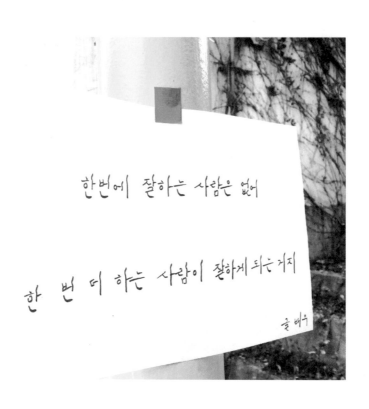

한 번에 잘하는 사람은 없어

한 번 더 하는 사람이 잘하게 되는 거지

조금만 더 부지런했다면

후회는 조금이었을 텐데

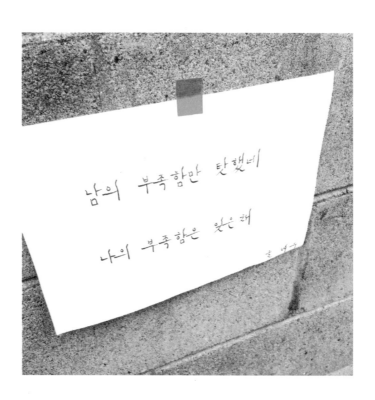

남의 부족함만 탓했네

나의 부족함은 잊은 채

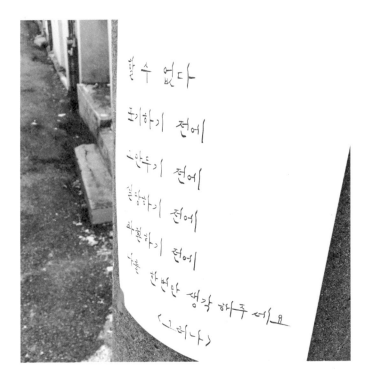

할 수 없다

포기하기 전에

그만두기 전에

실망하기 전에

좌절하기 전에

나를 한 번만 생각해주세요

〈그러나〉

살다보면
제대로 보지 못하고
넘겨 버릴 때가 있어요

인생도 마찬가지인 걸요

할 수 없다 넘겨버리기 전에

한 번만 돌아 봐요

분명 지금보다

할 수 있는 일들이 많을 거예요.

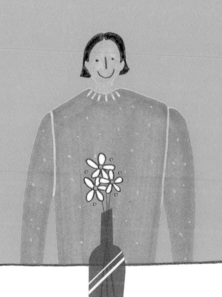

4

잘 지내나요?

보고 싶은 당신

지금 너무 아픈데

시간이 지나면 괜찮을까요?

시간이 해결해 주진 않아요

다만 시간 속에 있는 것들이 해결해 줄 거예요

소중한 친구나

맛있는 음식

좋아하는 음악들이

당신이 다시 따뜻한 기억으로 돌아올 수 있게

그러니 시간이 지나면 괜찮을 거예요

저 오늘 잘하지 못했어요

늘 잘할 순 없어요

앞으로 잘 할 당신인데

오늘이 부족했다 실망 말아요

손만 뻗으면 닿을 거리인데

마음이 멀어 닿을 수 없네요

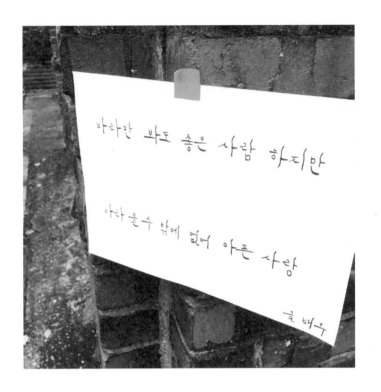

바라만 봐도 좋은 사람

하지만

바라 볼 수밖에 없어 아픈 사람

믿어왔던 시간만큼

잃어버린 믿음

눈 감으면

네 얼굴 떠올라

내 맘 또 울라

울고 싶은 날

보고 싶은 너

가끔 눈물이 나고
가끔 너무 아파

그 가끔이 언제냐면
가끔 너무
네가 보고 싶을때.

오늘 밤

별은 없고

이별만 있네요

별과 별 사이

가까워 보이지만

아주 먼 사이

〈어쩌면 우리 사이〉

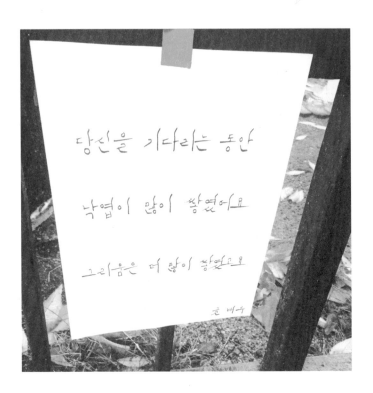

당신을 기다리는 동안

낙엽이 많이 쌓였어요

그리움은 더 많이 쌓였고요

시간이 지나면 잊혀진다고 하는데

시간이 지나니 더 많이 그립습니다

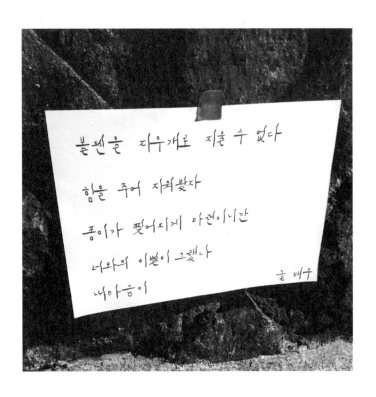

볼펜을 지우개로 지울 수 없다
힘을 주어 지워봤자
종이가 찢어지게 마련이니깐
너와의 이별이 그랬다
내 마음이

쉽게 사랑하지 마세요

쉽게 상처 주지 않기 위해

옆에 있어 좋다
바람은 찬데
마음은 따뜻해져.

모두가 잠든 시간

그대 생각만 깨어있네

아낌없이 주었다

아껴주길 바라며

잘 지내나요? 보고 싶은 당신

기억을 지우려 할수록

추억은 선명해졌다

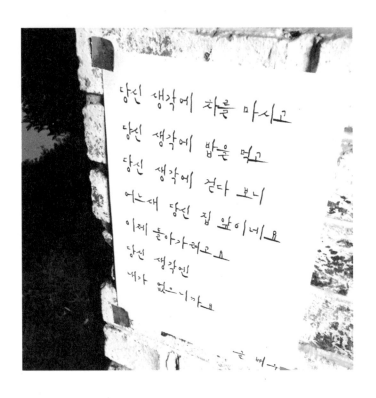

당신 생각에 차를 마시고

당신 생각에 밥을 먹고

당신 생각에 걷다 보니

어느새 당신 집 앞이네요

이제 돌아가려고요

당신 생각엔

내가 없으니까요

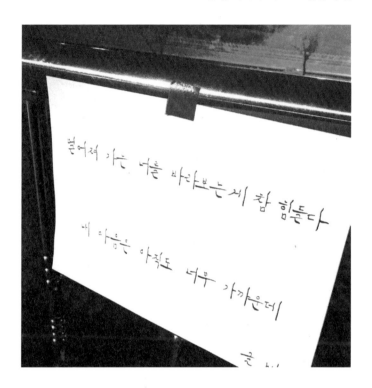

멀어져 가는 너를 바라보는 게 참 힘들다

내 마음은 아직도 너무 가까운데

해가 떠오르는 모습이 참 멋지더라
네 생각이 났다
떠오르기위해 노력하는 멋진 네 모습이

신호등처럼

발 행 일 /초판 1쇄 발행 2016년 1월 1일

지 은 이 /김동혁

펴 낸 이 /손정욱

마 케 팅 /이혜인·라혜정·이은혜

회 계 · 관 리 /김윤미

디 자 인 /이혜진

사   진 /임도형·나영광

일 러 스 트 /이선민

펴 낸 곳 /도서출판 답

출 판 등 록 /2015년 2월 25일 제 312 – 2015 – 000063호

주   소 /서울시 마포구 합정동 433 – 28 2층

전   화 /02 – 324 – 8220   팩   스 /02 – 3141 – 4934

가   격 /**13,500원**

ISBN 979 – 11 – 954949 – 5 – 8

이 도서의 국립중앙도서관 출판예정도서목록(CIP)은 서지정보유통지
원시스템 홈페이지(http://seoji.nl.go.kr)와 국가자료공동목록시스템
(http://www.nl.go.kr/kolisnet)에서 이용하실 수 있습니다.
(CIP제어번호 : CIP2015030386)